ilhões de anos atrás, caminhões pré-históricos dominavam a Terra! Eles se chamavam DINOTRUX. Milhões de anos mais tarde, seus restos enferrujados foram encontrados e colocados num grande museu. Mas os DINOTRUX começaram a ficar

MAL-HUMORADOS...

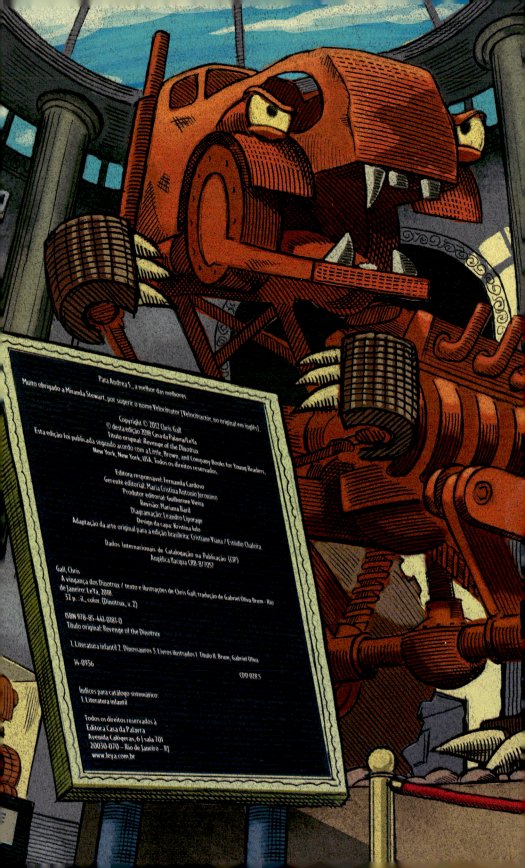

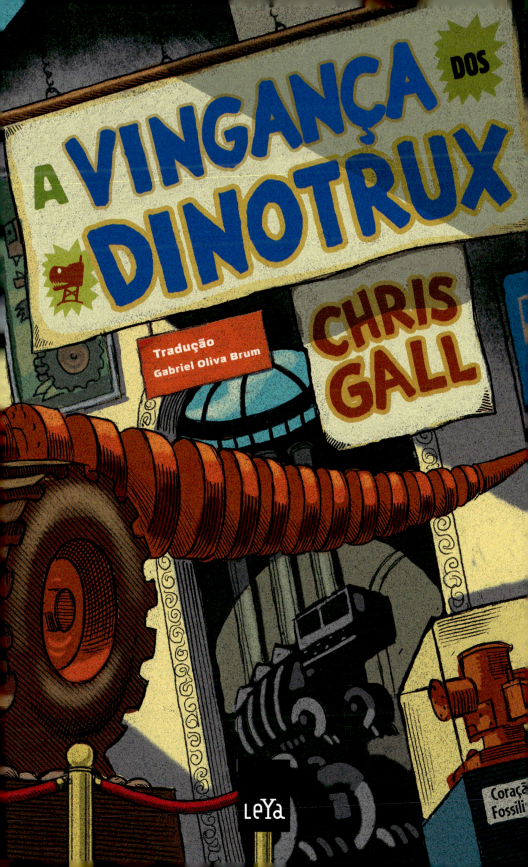

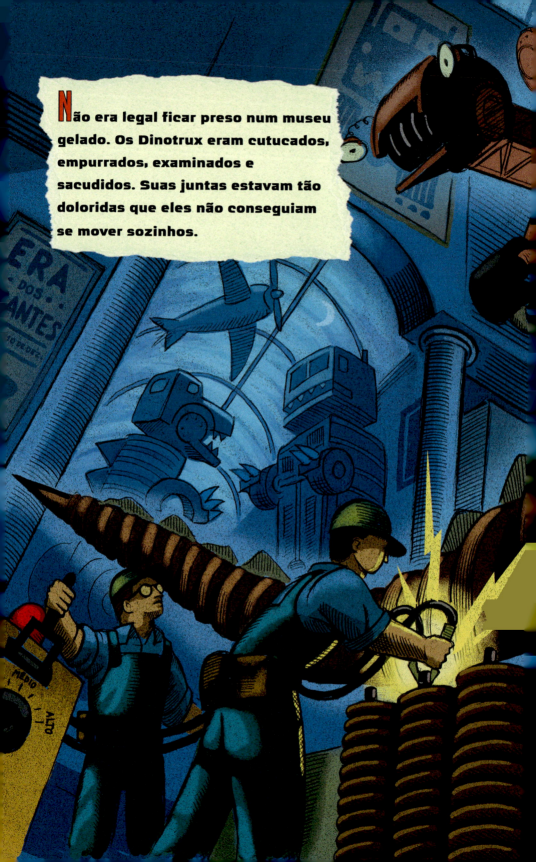

Não era legal ficar preso num museu gelado. Os Dinotrux eram cutucados, empurrados, examinados e sacudidos. Suas juntas estavam tão doloridas que eles não conseguiam se mover sozinhos.

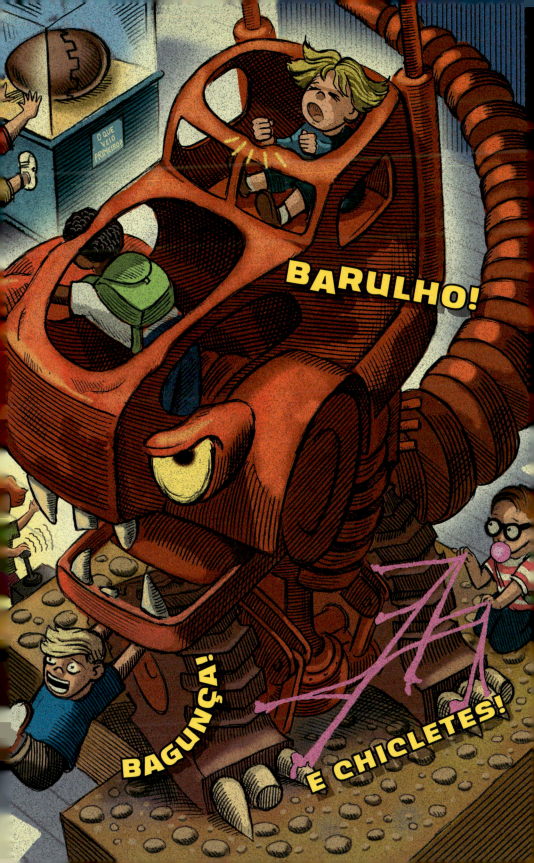

Naquela noite, **TIRANOSSAURO TRUX** encontrou chiclete nas suas garras, e então perdeu a paciência. Com um rugido, ele moveu o carregador da bateria para a potência mais alta e atravessou a parede do museu. Os outros Dinotrux supercarregados foram logo atrás dele.

FOOOMMMMMM!

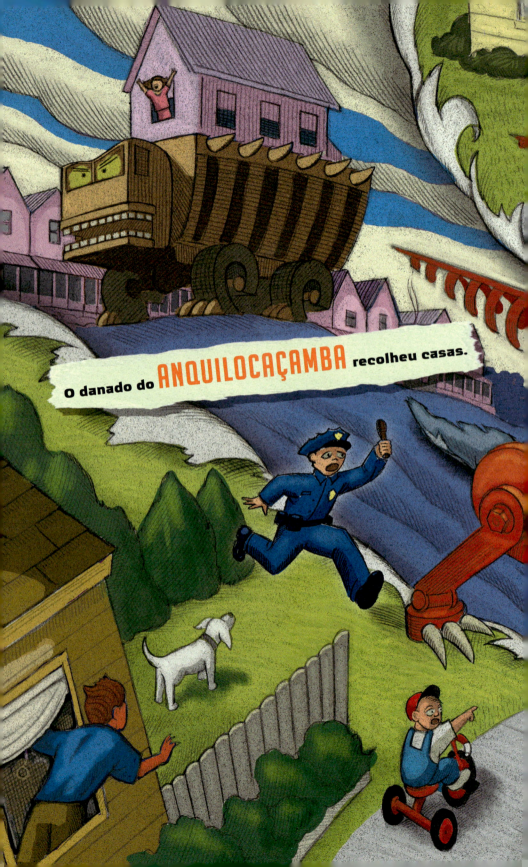

Os **VELOCITRATORES** fizeram uma jardinagem na rua principal.

Depois de um longo dia de travessuras, os esquentados Dinotrux guincharam, suspiraram e gritaram até cansar. O prefeito da cidade chegou no local. **"ATENÇÃO, DINOTRUX!"**, berrou ele para as máquinas cansadas.

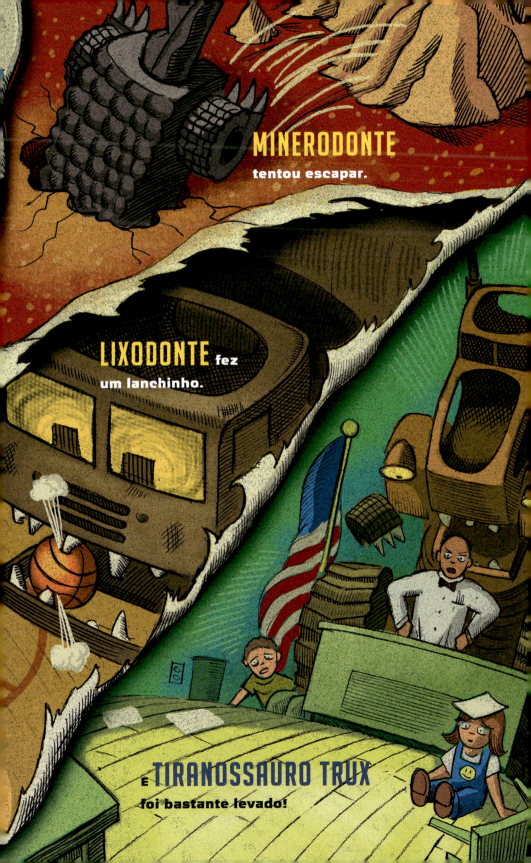

E juntos eles descobriram alguns livros que não conseguiam largar.

Então, um dia, os Dinotrux não voltaram do recreio. As crianças também não. Preocupados, os professores encontraram um buraco enorme na cerca.

Uma grande busca levou os professores até a floresta fora da cidade, onde eles escutaram um barulhão.